森有也句集

鉄線花

コールサック社

序

枯菊を括れば胸に日の匂ひ

有也さんの句には、麝香のような芳香を放つ美しさがある。この句も派手さはないけれど、奥ゆかしい佇まいである。庭の枯れてしまった小菊の株を紐で束ねたら、日向の匂いを抱いたようだったというのだ。括るために枯菊を胸に抱く行為そのものに優しさが感じられるが、さらに日の匂いが作者の心を和ませてくれたのだ。

枯菊を母の香りと括りけり

前句に続く作品である。前句の日の匂いから感じた暖かさは、この句でははっきり母の香りと明示している。

亀鳴くと母と並んで寝ねにけり
日陰れば母の遠のく雪柳
鉄線花母あればこそ長き文

夾竹桃母は門まで見送らず

虚抜菜母の寝姿つひに見ず

亡くなった母を描いた句である。どれも美しい母恋の句である。鉄線花の句では、遠く離れた母に近況を綴った長文の手紙も、母が居なければ書くこともないというのだ。夾竹桃の句は、帰省時、母はかいがいしく働き、気丈ゆえに息子が東京へ帰って行くのを、見送らなかったというのだ。そして、亀鳴くの句は、亡くなって以後、俤《おもかげ》の母と並んで寝ているのである。つまり、枯菊の句も雪柳の句も、母の俤はいつも日の温みと共にあり、淋しい心を温めてくれるものだったのである。

有也さんは定年後に、玉川大学のカルチャーの私の教室で、俳句を始められた。教室では物静かな印象だったが、私が「都市」を創刊すると、初代の同人会長として会の礎を築くのを手伝って下さった。冷静沈着な一面、お得意のジョークを連発されるので、有也さんの司会の句会は賑やかである。同人会長退任後の現在も、編集部の中で校正の丁寧なことで、部員たちの間で一目置かれている存在である。

春寒や壱の字を搔く馬の足
一枚の樹皮の掲ぐる梅の花
春月の山を平らに照らし出づ
滝の水割つて鳥飛ぶまつしぐら
蟷螂の孕みて翅を衣とし

これらは吟行句であるが、どれも写生の行き届いた的確な表現ながら、どこかウイットに富んだ作品である。一句目は厩舎の馬が、地面を縦に搔いているのを1の字と見たのである。二句目、梅の老木が樹皮の先に花を付けているのである。この不思議な景色を何人もの仲間が詠もうとしたが、光景が見えるように詠めたのは有也さんただ一人だった。とても器用な作り手なのである。三句目は昼の印象とは違って、のっぺりと見える山を描いている。夜ながら、いかにも春駘蕩とした句である。四句目は、滝の裏から飛び立った鳥を瞬時に捉えている。かなりの瞬発力とスピード感だ。中七の終わりに軽い切れを作り、読者に一羽の鳥を見せておいて、下五でその鳥の動きを一語で言い止めている。この句の眼目である「まつしぐら」には、興に乗って一気に作り上げた気息が感じられる。五句目は蟷螂をじっくり観察している。蟷螂の緑の厚い翅の下から薄翅がはみ出て見えているのだろう。それが卵を産む前の身体を、守る衣のようだと見て取ったのである。このように有也さんの吟行句は、かなり精巧に出来ていて、テクニカルでもある。写生の視点に、ほど良い感性が合わさって、景色を瑞々しく見せている。

また、境涯を詠った句にも滋味の深い句が多い。

蘖や父にそむきて父の道

朝顔やいつ並びたる妻の影

小春日や遺しゆくもの家一つ

耕していよよこの世を遠ざける

有也さんは長年、製薬会社で新薬の研究開発に携わって来られた。「ひこばえ」は父の生き方に反抗しながらも、父に付いて行った成長期を象徴する季語である。そしてまた、句に普遍性をもたらしている。二句目は仲の良い夫婦の姿と、庭に花を咲かせて楽しまれている老年の生活が窺われる。

底紅の蕊のねぢれも妻病めば

初霜や妻へ届かぬ思ひあり

ストーブに片頰赤く妻眠る

このように妻を詠った句は、深い愛情を率直に述べている。初霜の句などは、直接言えない思いの深さを、俳句に託しているようである。ストーブの傍で眠りこけている妻には、子育ての繁忙期の面影が重なっているように感じられる。どれも佳句である。これらには妻を詠い本音で俳句と向き合っている作者の姿が見られる。この率直な思いは、境涯句に揚げた三句目の小春日の句にも窺える。暖かい日差しの中、妻と子供達に遺していけるのはこの家だけだというのである。そこに作者の含羞が見受けられる。そして四句目の耕しの句は、畑を借りて野菜作りに励んでいるのだが、これも孤独を楽しむ安穏な場所を見つけたようでもある。

小春日の句の延長に

生涯の役をこなしてこの無月

の句がある。無月とは十五夜なのに曇って月が見えないこと。長い人生を一生懸命やって来たのに、ご褒美が出ないとは、深いため息が聞こえて来る句だが、ここには照れも隠されているのだ。そして、耕しの句の延長に

世捨て人たらんと拾ふ落椿

の句がある。定年から二十年近くたった現在、中世の隠者や文人へのあこがれが心を占めているように見受けられる。この二句は有也さんの到達した老年の美学と言えるものだろう。これからも悠々自適に、或る時は阿修羅になって俳句と向き合って行って頂きたい。

「都市」主宰　中西夕紀

鉄線花　目次

句集 鉄線花

I 数へ歌——春

春立つやときをり噴いて炉の薬缶

春めくや摩りて固き向かう脛

春の野や八九はとばす数へ歌

竹林の影より暮るる春田かな

旧家には切株多し牡丹の芽

丈六に欅切られし芽吹かな

春寒や壱の字を掻く馬の足

行く人の鉛筆のごと冴返る

春立つや風の撫でたる無精ひげ

一枚の樹皮の掲ぐる梅の花

茎立や空き缶の水空映し

石室に盗掘の穴囀れり

小流れの塵を止めて根白草
母の手に帽子渡して春の川

亀鳴くと母と並んで寝ねにけり

渡し舟桜吹雪に着きにけり

抱き上げて子の手騒がし花吹雪

満開の花の手足を昏くする

観覧車半分みえて花の山

漣は広きに生まれ花筏

引越しの空の荷台や花の塵

山城の空堀のこり花の雨

花の雨命の電話鳴りやまず

別れ来し頬のほてりや花の雨

解かれし帯のごとくに花流る
想ひごと果てず着きたる花の宿

枯れきらぬ身のうつろなる夕桜

風に道水に道あり花筏

春燈下亡き人に書く詫び手紙

掌のほどよき湿り花の塵

花守や出自の薫る京言葉

春風の畦尽きぬれば飛鳥寺

伎芸天春を寿ぐ唇ならむ
ふらここに愛しりそめし足伸ばし

弁当の母の祈りと卒業す

打球快音桜蘂降るベンチの子

春夕焼放物線に球返る

武蔵野の欅の空や春嵐

春月の山を平らに照らし出づ

雪解水法の山々動きけり

春夕焼大慈悲心に包まれて
鯉の口現れて光れる春の水

春の日やイロハイロハに鯉集ひ

凧揚がる一直線に走る子に

高々と鷺の抜き足蘆の角

湧水に砂の踊れる根白草

掬ひたる蝌蚪や光となりて落つ

花薺電車は風を残し去る

橋渡る二両電車や麦青む

日陰れば母の遠のく雪柳

覗きたる貌の暗さや春の沼

波乗りに遠く弧をなす春の潮

空海に海航百里鶴帰る

啓蟄や縄文土器に米の焦げ

腰に鎌差して麗か直売所
耕していよよこの世を遠ざける

草餅や昔は誰も灸痕

冴返るものに文鎮金細工

冴返る夜の靴音の救命士

当直の拾ってきたる子猫かな

当直の小窓や覗く桃の花
竹樋に雨水涼しき詩仙堂

勢ひあるものそり返り楓の芽

蘖や父にそむきて父の道

馥郁と夕日を蕊に落椿

世捨て人たらんと拾ふ落椿

熊蜂の急旋回に翅を見し

恐竜の跋扈かへらず春の星

囀や機関銃座の残る丘

鬣のはや癖毛なる春の駒

天と地を結ぶ噴煙草摘める
草摘んで島の果てなる十字墓

紫雲英田や気球は瓦斯の香を残し

幸せを探す妻の背春の土堤

測量士標識立ててかげろへり

風吹けば風の中へと種を蒔く

春雨や追ひ抜いて行くハイヒール

行く春や日輪暈を着て沈む

Ⅱ

鉄線花——夏

初夏や浦々競ふ風の色

葭切や櫓櫂きしみしわが故郷

民宿となり本陣の松落葉

本堂に足場組まれて樟若葉

犬小屋の農機具入れとなりて夏

体操の輪に降り止まず桐の花

東京を夢みし頃や桐の花

鉄線花母あればこそ長き文

全開の花屋の引戸若葉風

胸張つて土偶の女新樹光

豆植うや埴輪の顔に穴三つ

風薫る七つ道具のボランティア

やがて入る墓に躓き花は葉に

影なして千体仏の薄暑かな

梔子や老醜さらす我ならず

若造の蚊に老いの血を吸はれけり

翡翠の音無く水を割りにけり

夜の芍薬誰か訪ねて来たやうな

水中花女一人の都市暮らし

葉桜やまづ火を熾す屋形船

甲板を一人占めして雲の峰

雲の峰褌一張が網を引く

老人の列の撫でゆく小判草

麦秋や手を振り帽子振りながら

野外劇場がらんと空いて夏の山

睡蓮や切り口光る竹の垣

まくなぎや旅にしあれば草団扇

蟻螻やさらに縮めて老の首

日盛の襞にひだ積む象の足

裏みせて浮くゴム草履夏の川

息切らす勾配となり時鳥

城山は町の真ん中花南瓜

ここよりは苔の階段滝見茶屋

滝の水割つて鳥飛ぶまつしぐら

螢の止りて赤き草の節
葮切の水近ければ水に鳴き

浦々に雨降り分けて走り梅雨

荒波やひとすぢ白き浦の滝

鳶十羽二十羽湧いて朝曇

荒筵単坐して売る枇杷と貝

太鼓打つ僧の踏み込む五月闇

護摩の火の龍となりけり五月闇

田水張る石碑に残る人柱

軽鴨の首ふるほどに進まざる

代掻くや羽裏映して鳥来る

早苗田や鷺まへのめり前のめり

梅雨寒や埃に探す歎異抄

はらからはみんなちりぢり梅雨菌

取り落す心太なほ海の色

五月雨や灰汁の母液の深緑

尺蠖の青き進行休みなく

梅雨晴や出入りの繁き虫の穴

旅立ちの薔薇の唇サングラス

サングラス取つて目玉の置き処

蟻地獄主は居留守決めてをり

軒貸して四十年や蟻地獄

曝書して関羽張飛や風の中

一行の我を救ひし書を曝す

ひなげしや風は花弁のふるへから

薬缶噴く研究室の夏休み

陶枕や戦語らず父逝きぬ

もう追はぬ夢陶枕に沈めけり

帰省子の胡坐をくめば国訛

帰省子の米研ぐ音に目覚めけり

ジャンク屋の盥に回る金魚かな

厨房に余生を過ごし火取虫

早退の児を背に負ひぬ栗の花

少年は身を投げたがり草いきれ

夏草や首を地に置き石仏

刀工を炎の襲ふ五月闇

瓜の花無職の昼を耕せり

孤独とは耕すことよ瓜の花

草刈の腰に巻いたる草の蔓

草刈の千曲川に散らす鎌の音

草笛を吹いて遊子となりにけり

草刈人憩ひて風の中にあり

百日紅低き軒端に雑魚干され

夾竹桃母は門まで見送らず

夜の葬送夾竹桃に火照りなほ
なめくぢり双葉の夜を這ひあがる

夏館トルソー白き身を晒し

一匹の蟬一木の声となり

夏草や螺旋に登る古墳山

8の字に9の字に楽し蛇さかる

発酵と腐敗のはざま熱帯夜

丸薬の喉《のみど》をこする原爆忌

ががんぼや弁財天のひざ小僧

断捨離の庭木に及ぶ蟬の殻

軽鴨のときどき見ゆる草の丈

鴨涼し谷戸に二枚の学校田

黒雲の底より湧ける夏燕

夏燕湧いて狭めし谷戸の空

住み慣れて蠅虎と夢うつつ
うすばかげろふまだ晩節と言ふなかれ

Ⅲ　百の風——秋

鰯雲ほどけて夜の空となり

桃吸へばたちまち萎ゆる思ひあり

未病なる妻遅れがち草の花

底紅の蕊のねぢれも妻病めば

草の葉の飛蝗の口のよく開く

一鳴きは父母のための秋の蟬

秋暑しなほ走塁の土ぼこり

秋暑し宅配のゐる覗き穴

朝顔やいつ並びたる妻の影

朝顔のふたば月夜に舞ふごとし

U・ターンしてわび住まひ葛の花

実石榴や淡き風負ひ友来たる

過去といふ重荷石榴の口開く

溝蕎麦やまた現れし山の水

日陰れば寂光浄土芒原
背丈より上の光芒薄の穂

秋の日や筋目つけつけ斜面畑

大根蒔く空を向く時口開き

大根蒔き余白の続く予定表

湧水の一瀉千里や虫の秋

刀工の灰を捨てたり秋の草

小肥りの芋虫天に父と母

露けしや富士ふところの墓石群

燕帰る屋号の上に巣を残し

秋空を左右に分けて鳶鴉

秋高し山羊の頭突きの二度三度

台風来一樹の下の生臭き

一株の芒に隠れ浅間山

山国の夕日明るし籾を干す

赤蜻蛉鄙に正調子守唄

赤蜻蛉都電はすぐに折り返し
この風が故郷ならむ吾亦紅

虚抜菜母の寝姿つひに見ず

割烹着似合ひし母の終戦日

蜻蛉のあの世この世を日矢の中

鎌納め蟷螂の青極まりぬ

蟷螂の孕みて翅を衣とし

蓮の実の飛んで古代の風生まる

秋雲や今日いくたびの富士の峰

禅寺に薪を積み上げちちろ虫

腰道具前に後に松手入

妻の手に消ゆる燐寸や秋彼岸

生涯の役をこなしてこの無月
秋蝶のため息ならむ翅ひらく

蟷螂の裳裾をみせて翅納む

懸垂の二つ続かず烏瓜

鵙猛る老文弱に何せよと

水分れわかれてやさし滝の秋

ままごとに似て砂金採り紅葉川

開山の貌恐ろしや夕紅葉

月山やけふふたたびの秋の虹

黄落を禊とあびて神の前

雑兵も騎馬武者も骨渓紅葉

鎌倉に百の風ある黄落期

シーソーの父は真ん中木の実降る

一木に雀かしまし刈田道

檸檬二個港明りは弧を描く
秋潮のうねりやうかと誘はるる

鰡とぶや二枚の板を船着場

鰡とぶや錨の鉄鎖ゆるぎなく

蒼々の天の無垢なり榠樝の実

木は育ち人は老いゆく後の月

十六夜の鍬を洗へば妻の声

秋深しこの世の端を千鳥足

Ⅳ 寒の水——冬・新年

小春日や晴耕雨読ひと休み

小春日や遺しゆくもの家一つ

竹林の穂先明るき時雨かな

山茶花や女将の屈む勝手口

小春日の保父ガリバーのごと遊ぶ

朴落葉お面に被り子ら走る

一つ拾へばひとつを捨てて柿落葉

初雪や空の明るきメトロ

始まりは禰宜の燐寸や大榾火

石階の尽きたる処雪の門

雪だるま旧宮邸の車寄せ

ほころびし鳥の胸もと実千両

枯菊を括れば胸に日の匂ひ

身の重み心の重み落葉踏む

冬紅葉一葉の乱す池の面

初霜や妻へ届かぬ思ひあり

ストーブに片頬赤く妻眠る

霜の夜やべコべコ鳴らす石油缶

独り居に美しすぎる葱の束
湯気立てて一人の夜を楽しめり

冬の日の遠き色して沈みけり

冬桜鬼籍の友のゐる宴

黒服の団塊なせる冬の駅

暗き目を漢泳がす冬帽子

煤逃やここにも所在なき手合

煤逃のコンビニ珈琲冷め易し

枯菊を母の香りと括りけり

枯木山夕日ふるへて落ちにけり

冬草や力みなぎる牛の舌

丹頂の歩けば伸びて影の首

点描となりて冬田の水光る

足跡の数の日輪冬田面

表札の分厚き板も冬館

一灯を標とも来ぬ枯野宿

老人の尻の寒さや群れてなほ
相ふれて傷つくことも枯尾花

初霞干しつ放しの菜つ葉服

若造は灰汁取り役や薬喰

鴨群れて千々に乱れし逆さ富士

日のぬくみ背負うて帰る落葉籠

わをんわをん地下鉄曲がる十二月

月島や軽四輪に諸焼く火

百合鷗羽裏明るく人に寄る

冬の波ちぎれ鎌倉煙りたり

客待ちの車冬木の大通り

荷に隠れ押す荷車や十二月

薄き日に布団を干して峡に老ゆ

大根のせつなき白さ老いにけり

犬褒めてやをら始むる御慶かな

オーバーの胸より出づる犬の首

矢音して白き校塔冬日和

寒灯や閉ぢて開いて赤子の手

背の葱人に押さるる市帰り

笹鳴や言葉少なき生なりき

水仙の心乱れぬほどの揺れ

寒の水天を仰ぎて飲みにけり

大寒の身をさらしけり無影灯

錠剤の胃の腑に転げ寒の水

村々にあまたの神や寒椿

鬼神邪神きしむ肉叢寒に入る

葱焼いて昔の敵を許しをり

影も踊る十二神将春隣

あとがき

高度成長期の波に乗って東京に出て以来、四十年余の会社員生活に終わりを迎えた。それまで何か近づき難いと思っていた俳句ではあるが、江戸の文人・横井也有の生き方に共鳴し、玉川大学公開講座・中西夕紀先生の指導を受けることにした。先生の「都市」創立にも参加でき、古典俳句勉強会、現代俳句勉強会などでの的確なご指導や俳句仲間との楽しい俳句生活もいつの間にか十五年ほどが過ぎた。

ところが令和二年の春、忽然たる新型コロナウイルスの蔓延により句会も吟行も自粛することになった。それまで「文台ひきおろせば即反故なり」と詠み捨てにしてきたが、暇を持て余す余りこれまでの俳句を眺めているうちに、句集に纏めてみようという気になった。おりしも先生の句集『くれなゐ』と北杜青さんの『恭』が上木され勇気を与えてくれた。先生にご相談したところ、多忙な中を快く選句をして、身に余る序文を頂いた。校正にあたっては、「都市」の仲間の力強い支援を受けた。無事に上木できたのは、コールサック社の皆様のご努力に依るところが大きい。

あらためて纏めたものを眺めてみれば、定年後の理屈っぽい俳句からスタートした私の俳句であるから、つくづく文学性に欠ける俳句だと痛感した。しかし、丁度今年は齢傘寿となる区切りの年であるし、蒲柳の質である身でここまで生きることが出来た感謝の指標としたい思いがある。ここまでともに歩んでくれた妻・陽子に対してもこの機会に感謝の意を表したい。定年後の時間を実りあるものにして頂いた中西主宰および「都市」の仲間にも感謝申し上げる次第である。

令和三年一月

森　有也

著者略歴

森有也（もり　ゆうや）

（本名）森　昌弘

昭和 16 年　福岡県飯塚に生まれ、父の転勤により柳川、天草、長崎、大分を経て熊本にて成人。

昭和 39 年　東京にて職を得る。

平成 16 年　玉川大学公開講座「はじめての俳句」で中西夕紀の指導を受ける。

平成 20 年　中西夕紀の「都市」創立に参加。編集委員。

平成 25 年　「都市」同人。同人会長（令和元年まで）。

令和 2 年　第三回「青桐賞」受賞。

現在　「都市」編集委員。俳人協会会員。

現住所　〒 194-0043　東京都町田市成瀬台 3-31-14

石炭袋

森有也 句集　鉄線花

2021 年 4 月 26 日初版発行
著　者　森　有也
編　集　中西夕紀・鈴木光影
発行者　鈴木比佐雄
発行所　株式会社 コールサック社
〒 173-0004　東京都板橋区板橋 2-63-4-209
電話 03-5944-3258　FAX 03-5944-3238
suzuki@coal-sack.com　http://www.coal-sack.com
郵便振替　00180-4-741802
印刷管理　（株）コールサック社　製作部

装幀　松本菜央

落丁本・乱丁本はお取り替えいたします。
ISBN978-4-86435-476-9　C0092　￥1800E